我那些遠我而去、不能復返的一切。

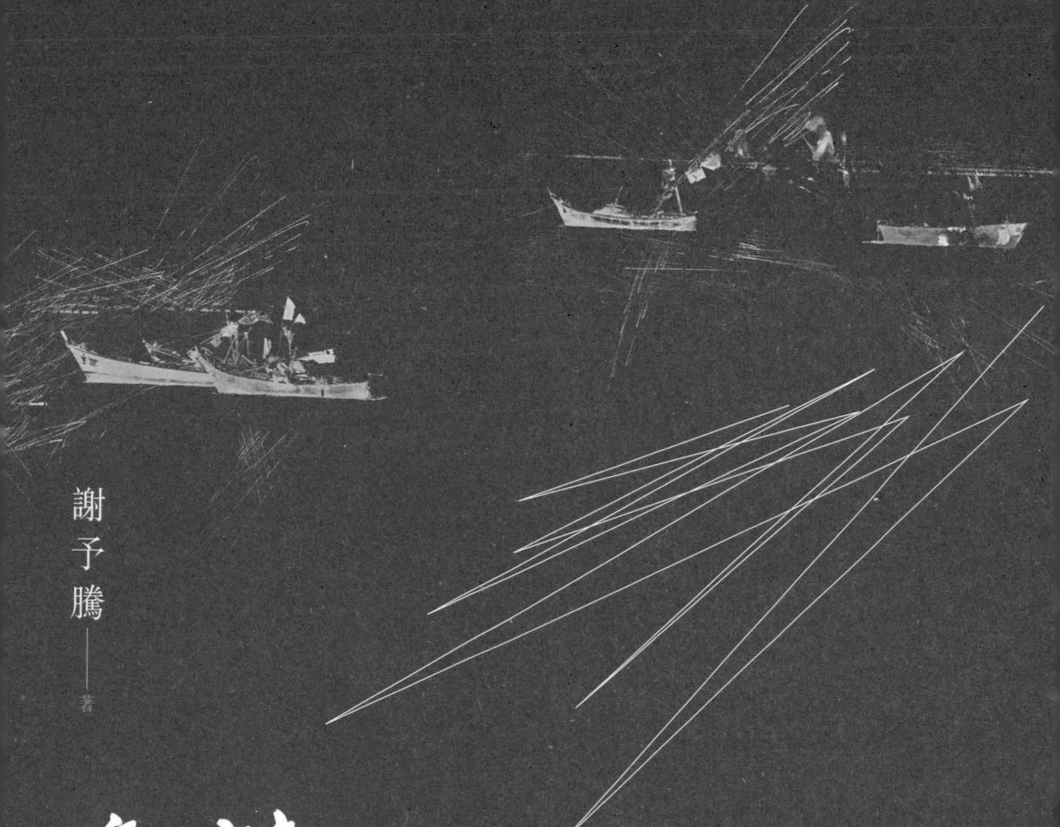

謝予騰——著

浪跡

生命已走到此處。誰不是循著前路而來？
在命運的海岸線上，所有人都是一艘艘待行遠方的船。

斑馬線
Zebra crossing Publishing

目錄

貳、遠方 065

肆、英雄 163

序　他不是孫悟空

初識謝予騰，依稀在某個小茶肆，是電視直播著黃春明怒扯開襯衫、要單挑蔣為文，那樣一滑稽魔幻的近夏午後。仿古吊扇悠悠旋轉，掀動茶几一頁頁《寶島少年》（或就說山寨版《Jump》）——為什麼鄉土正義？大航海、解殖、冷戰之框……那一年臺南作兵，我只管聽這麼這麼多人說。

要怎麼鄉土更新？相較於隔壁棚同輩小說家的暴力致敬，除了楊富閔（又聞大喊廣仲），熊一蘋，陳柏言……，我想說，我輩詩人掛未必不感同身受。設若鄉土不再是批判都市、現代性、新自由主義的堡壘，往來於黑白的島嶼現實與HD的藝文想像，經濟的不正義，文化資本的搶匯通膨，社運爆破了卻解體，當著紋風不動的生活，懶憊，淺易，有《浪跡》置讀者於尚待索解的一場場微旅行。輯一「襲抄」略及同代人眼中的經典，語氣自屬抒情，結尾卻著意撇清。我看這確就是若即若離的，更近乎冏星人，而自別於前行者的蓄意與有心。輯四馳騁想像，壓卷之作〈襲擊：男人與龍〉作於二〇一五年，如今再讀，不妨重現了台巴子與外來政權的捉對廝殺，是「髮如濤怒，手提刀斧」。但輯二「遠方」才奠定了全書基調：設若運用想像力乃意在對立猙獰的現實，而非營構一高遠的人文景觀？

《浪跡》的閱讀印象實來自詩人的生活姿態，而非詩句的刻苦經營。如〈襲擊：男人與龍〉的首節，男人枯坐田邊，單講造景而非譬喻，怎能眺望島嶼的浮沉？又如前三節饒富隱喻，第四節卻直陳土地徵收，第六節還插入軍旅片段，如何不是驟爾跳躍？換言之，儘管唱嘆是自有面目，論淬鍊意象，安置結構，信手而出者仍所在多有。全書所念茲在茲，怕就是浪跡在軒轅蚩尤俱皆退位的鄉土，而終究無關晚霞的遠航。那時詩人點燃了殘存的香菸，呼嘘出「層次更繽紛的／雲的形狀」。

輯三「扁舟」有首詩，頗自陳這種散盡神通的詩人生涯。詩人是了然於心西天東土老君與龍王，卻是什麼理由呢？

……我的靈魂殘破
見不了任何一個神仙
救不了眾多的苦楚與情愛
想遇見一位聖僧
但他們說我學歷太高，連一套七十二變完整的機會
也不肯給我。

心懷所愛而下墮。詩人說，他再也不是孫悟空。

——廖啟余，於勞基法三讀前夕

推薦語

感傷有時，悲鳴有時；數算著年歲，予騰心中猛爆的龍已悄悄潛藏。然墨綠光的世界仍待眷念，安靜的鹿回眸青春，現實再清算；再一次，拔劍詩人——用他銳利的詩句襲擊了我們。

——吳懷晨

讀這本詩集，如看見一名浪人，在生活的戰場上奮不顧身殺去，然後為死在自己眼前的敵人，輕輕闔上眼皮——就是這麼「MAN」的感覺！然而詩中的種種遺憾，卻全然無關性別，內心不斷迴響：「是啊是啊，就是這樣啊……」

——游書珣

對於諸多經典的原題襲抄，即使予騰一再宣稱自己無意附和，然整冊詩集中，英雄與龍之意象無所不在。許是因於某種影響的焦慮，詩人所回望、抵禦或企於擺落的，除時間的傷逝，亦涵蓋對威權、經典及國族的商榷與質疑。這是予騰在過往鄉土詩寫作上的更進一步，亦是其抒情與敘事兼擅之寫作技藝的再次展現。

——崎雲

這一回，予騰跑得很遠，只要你不動如山，他便是流浪。「浪跡」寫追悔的時光、愛、浮世之種種……他如龍騎士般力「戰」狂瀾，馴服了一座海，給讀者以天涯。

——然靈

年華流水，那些美好的曾經終將不能復返。多少過去抄襲昨日，多少失去總在夜深時襲來。予騰說沒關係，我們都是這樣走過的，在反覆錯失、重組中拼湊出現在的自己，雖不美好，仍勇敢向前——做自己，就是英雄。

——良

壹、襲抄

時間龍

原來變成雲了
這裡的空氣
我如何讓自己重新學會
深刻地呼吸？

像離去的浪又
回來了，褪去的日落
慢慢想起
未曾融化之雪
遠眺不能及之城

身終將衰，因此
曾懇切地相信了哪一段
戀人的語絮？
原來，變成雲了。
萬里外，被龍踏著
穿過了宇宙
時間卻被留在了這裡。

註：林燿德曾有科幻小說《時間龍》，雖曾閱之，但本文與之並無直接關係。

植有木瓜樹的小鎮

住在溪邊
失去魔法的小鎮，那裡的月
日日被侵蝕成夜的灰燼
因此，種植了木瓜
讓自己等待著妳。

如何讓木瓜變得巨大？答案
將數座沙洲浮動
熊於是著急地奔至水中，揮舞爪牙
但直到銀河與鮭魚都消失了
牠仍不能懂，什麼
叫做寂寞。

那是失去魔法的小鎮
熊忘了自己
曾經與鮭魚許下的誓言；那是
月被侵蝕成的深夜
等待的方式便可沉於水底
或埋於灰燼之中。

而我卻種植了木瓜，並想像
自己終會寒冷
成一座沙洲的形狀。

註：龍瑛宗著有小說〈植有木瓜樹的小鎮〉，曾淺閱之，但本文並無與之呼應之意。

渡河入林

酒後，心裡盤算
將自己磨碎
像午後透進第二扇窗的餘暉
淋浴情緒，多餘的話語便能
融成排水孔上
橘色的漩渦。

暗礁在眾人間
在酒杯底，森林是當年
沒聽懂的告誡
自醉意中緩緩探出頭；

我曾企圖
張望野生的神獸與龍
卻只見滿屋子無意飛散的寂寞
將諾言霸佔成火；我猜想
孤峯頂總該有雪
但離人的城市太遠
連尚未觸礁的愛
也盡數沉沒。

眾人喧騰，而夜
已漲潮。此時
悔意如末班列車過站
颳起的陣風。

跨過那裡便是
渡過了河。我知道，急湧之後
終將漂流到一座沙洲：那裡不一定冷
但若有森林
則必是深色的。

註：海明威有小說《渡河入林》，曾觀亦喜愛之，但本文無意與之附和。

愛人同志

自體內，我們取出
同樣的東西。

在赤色的濤聲上飛行
我識得，當年
你背影冷冽如子彈未發
槍管前藍色的月光；彼此振翅時
總有咒文般的吟唱——
困禽哀喚，傷獸悲鳴
是夜，離別不過一個高音的拉長。

此故，灼燙的靈魂需要縫合

自刀傷滿佈的戎裝、彈痕
細碎的盔甲——必須
讓一條金蟒巨大地纏繞、縛束
才能壓抑之中就要噴發
囧然天際的忿怒。

但火是易滅的，因為煙囪與我
深信你的堅貞的緣故。

我們終會擁有相同的模樣，紅色的海
正喧騰著：火
仍旺盛，它還蟄居在我們
一樣孤陋的體內。

註：羅大佑作有〈愛人同志〉一曲，雖曾聽過，但本文並無與之唱和之意。

寂寞的人坐著看花

醒來，晃動的疼痛
遮蓋了明滅光影。

整趟旅程
方向盤只顧著攪拌自己
讓琥珀色的午後
越過山丘與森林，讓峽谷
冰川褪去
長出透明的眼睛。

抬頭，看見一些鳥飛過
深知牠們

終究不能是魚，不能
是伴遊的愛人
不能是夏日昏沉
也不能是深秋細雨。

含淚看花的人
從來聽不見花的回聲。

夢裡，花仍是
千紅亂飛地凋零了
我胡亂撫摸
多年來不斷晃動疼痛的寂寞，原來
它仍無處藏匿。

註：鄭愁予曾以〈寂寞的人坐著看花〉為題，雖嘗閱之，然本文無有附和之意。

海誓

寂寞的浪裡我
將自己撈起
檢視月
與斑駁之鱗。

倒影水沫竟比參辰起落
更貼近命運。

無知的魚群仍洄游
於誓言與夢之邊境
如聚集卻無力亂舞的妖群。

潮終將退，月亦是缺。
斑駁的浪
逆鱗的寂寞，我將自己
片片撈起。

註：凌性傑曾以〈海誓〉為題，雖曾閱之，但本文並無附和之意。

把我換成妳

房間裡有水，流動的聲音；她的名字從深夜的被褥中滑出
依序排列，成我的影子。

如同機車停在路邊，難免撞歪照後鏡
逼迫自己習慣一切皆無須意外，只要如實
點燃每個冬天
未來與日子仍舊會溫暖。

但鮭魚已開始離去，鯨豚也退出了海
海神決意將破碎的自己匯集成柏油路坑洞中的許多積水
並緬懷那個聖獸齊聚的早晨——船
還泊在港中，作未曾出航的清夢。

藍鬍子不殺人的。想起妳問過：「我們
把鑰匙吞下去好不好？」
此時才發現原來影子被施法，變為一隻堅信保守主義的青蛙。
（水的聲音流動著，故事裡的她們全都醒來了——
夜深情纏，但沒有人
願意給吻。）

於是，想起那時被問過的話。如今
想再回應一次：推開房門後，讓我
把後來的自己
換回原來的妳。

註：亂彈阿翔作有專輯《把我換成你》，但本文無意與之唱和。

寫給妳的日記

擁抱時，將鼻尖
湊近妳的髮
想像未來的身體，側腹
橫生了石紋
後頸與輪廓已矣弛垂，而臉頰
斑駁成蛇鱗的模樣。

便如此，渡過午後
如經歷一段山路的搖晃
思考冬日遲來，是妳
尚未放手的秋季
殘陽鋪成了歸途，但彼此仍堅信以後

將無有離去。

才發現我們
都還不懂得說一些適合的話
安撫終要來臨的遠方。

在山裡，車班似乎永遠
徘徊於起伏中。

只好想像妳的呼吸
冬天賴著不走
也能嗅到蝶群剛剛經過
花田的氣息。

註：鍾文音著有小說《寫給你的日記》，雖閱之未完，但本文並無與其呼應之意。

古都

鴿群在牆上留下影子
翅膀拍動
像遠遠迎來馬蹄的鼓聲；轉角處
旅人看著雪，城市於眼下
顯得不自在。

旅人自雪國來
與鴿群初次會面。他脱帽
想友善地問候
但口中吐出的卻盡是寒冷的氣候
鴿子們於是披起厚羽，低著頭
快步經過了他。

這是如何溫暖的
南方島國？旅人眨了眨眼。

他想起北極星與離家前
一整夜的沉默
在那漆黑之中，鴿群或仍帶著影子
不停飛翔；而他
只願是守著月光的人
直到有天
雪落滿了整座微小而
厚重的古都。

註：川端康成著有小說《古都》，雖曾閱之，然本文無與其呼應之意。

遠方

日子是魚的
但不在溪裡。

一個人，看著
小小的攤子
守著下午三點十分
不輕易被路人買去。

旁邊的人回家吃飯後
進入一場睡眠
海在遠方，他懷念當時的自己

總是擠在火車的縫隙中。

所以，日子是游動的。

魚懂它

但他們都已經不在溪裡了。

註：駱以軍著有小說《遠方》，雖嘗閱之，然本文並無與之呼應之意。

流年

浮雲，蔽日的時候
經過你久未歸來的巷口
白色 Vespa 攀附蔓藤，空地上
廣告竹竿也曬出了裂痕
風乾已久的情緒，插在鴿寮側邊
隨鳥群轉動著
一圈又一圈。

Come sempre
我，能明白——畢竟
身處在這樣一個沒有暴雨

便是旱災的時代。

數十年裡，追逐過的泡沫與蜃樓
證實不過空築在海峽間
虛幻的迷夢
並時常遭逢夜襲的暗湧和急退的潮流
浮雲之島，孤寂年月
全像一鍋被滾水煮爛卻
渾然不覺的Pasta。

如今你已棄置
巷口已不能如港般被輕易停留
浮雲飄過，拋錨的船艦
像小白鯨擱淺在灘頭

偶有光束露臉，如一些難聽的獸鳴
自觸及不著的遠方
斷斷續續傳來幾聲不中聽且
被駁回的Appeal。

註：王菲唱有歌曲〈流年〉，但本文無意與之唱和。
Appeal，以日文腔念若Abiru。
Come sempre，義大利文，老樣子。

大好時光

還沒有工作的日子。下午
一杯茶喝出三層溫度
面試之後，房東的狗繞著家裡的斷木
一圈一圈
風吹進四樓的西側
沿著夕照邊陲，爬到掛著房客
自己影子的門前。

觸感如同她的乳房，輕輕
摩擦著你的上腹
並想起那一年死去的劇作家和旅人
除了幾句容易被遺忘的話

似乎什麼也沒留下；那年
她駕著馬穿過自己種植的圍牆
並發現你是她能找到
一把最長的梯子
卻仍搆不著放著真理的遠方。

故事是這樣短暫而漫長
一群機車經過路燈下方
有工作的人們仍在上班，大部分
準備要回家
你默默燃起上個月殘存的香菸
並深知自己或再無法
將一切吞吐成晚霞，或是層次更繽紛的
雲的形狀。

註：邱稚亘著有詩集《大好時光》，然本詩無意與之呼應。

寂寞的十七歲

有客房的日子
抬頭，看慧星揪團
經過我的星球。

而我的狐狸旅行去了遠方
牠喜歡魚，但不會游泳
亦未曾與我對話
並深信這不擅農耕的戀人
終其一生
仍種不出那朵心愛的玫瑰花。

這又是個馴化的故事了，當第五個季節

穿過久未開啟的窗前時
一些鱗片落在客房裡，我拾起他們的名字
卻不記得王或神
是否真正來過這裡。

（那些死去的愛人們都趁夜回到了夢裡
但我已無法再深深地愛上。）

慧星仍一團團
經過客房。
我抬頭，看自己
像一顆公轉無力並失去了夢的星球
怯懦成上弦月的模樣。

註：白先勇著有小說《寂寞的十七歲》，然本文與之並無直接關係。

廢墟臺灣

在鷹族出現的
那個上午，我獨自騎車
停在川流不止
無人在意的十字路口。

想像愛人是
一條明確的法規，紅燈是火
綠燈便有魚群穿過
十字路正中
回頭的人錯過了星球
他們以為自己終將

獲得拯救。

盤旋上空的鷹
緩緩地飛離，是時
都市一個箭步
將每棟大樓的影子盡皆擊落。

我騎車經過
眾人冷眼，看川流的島
被卡在面前的十字路口。

註：宋澤萊有小說《廢墟臺灣》，雖知，但本文無意與之呼應。

圍城

回想一夜奮勇
敵軍仍如潮水般襲來的清晨
方才頓悟
自己竟是這樣
易怒的雄性。

如今，鮭魚
終已離去了。
黑熊疲憊地坐在新月昇起的水邊
任傷口在肩上
與靈魂一同作痛。

記憶裡，城是座困頓的古都
弦歌繚繞
不識亡國恨的歌者們
圍著侵略者舞唱著
他們熱愛心中想妄激昂且洶湧的美麗
更勝過和平。

不知道，鮭魚
還會不會回來？黑熊最後卸下了
自己的爪。

遠遠的陣地裡
仍發出火光
至今牠仍會想起新月如潮水襲來

而自己卻手足無措的
那個夜晚。

註：錢鍾書有小說《圍城》，但本文與之無關。

烏蘭巴托在遠方

二十八歲的女人含著長菸
獨自推開夜裡門
在時代裡
還是新鮮的事。

那時你佇足，在
一場雪中
世界已疲憊成白色的川流
三更是此生
唯一的渡口。

月下的門開了
你猜，她二十八歲
大自己那麼一點。

時代在她白色的煙霧裡
顯得漫長，卻仍
無比新鮮。

註：陳志昇（陳昇）著有圖文集《烏蘭巴托在遠方》，然本文無與其呼應之意。

挪威的森林

愛人：
剛剛恢復夏時制的清晨，妳認不得時鐘的臉。
整個冬天
妳都待在遠遠的島上。

昨夜，列車離去
貓兒一隻隻來向妳道別。我論
妳深愛的物種，皆已在內心毀滅
卻沒有一艘船能載妳
到達想去的彼端，而柏林
終究不靠海。

但放心，戰神祂會
帶著善良的靈魂。
那些盤旋在天空的，最後都將歸於塔山
打狗港的鄒族人是如此
鷹也是如此；貓既是如此
狐狸也是這樣。

遠遠地，島嶼為妳保留了
完整的冬天。愛人
待妳弄清處日光節約，再回覆我那個故事——
一隻貓是如何離開
那座永無出口的森林？

註：村上春樹著有小說《挪威的森林》，披頭四亦有歌曲〈Nowegian Woods〉、伍佰（吳俊霖）亦有歌曲〈挪威的森林〉，本文雖多少受上述作品之影響，但無與之呼應之意。

土與火

四月又要來臨前，你仍讓我
活在一場虛構的敘事裡。

所有的班機不知是誤點
或盡皆離去了，在消沉的季節
群花仍靜靜地開
我則在夢中，因預先知道了結局而感到暈眩
一陣陣如浪潮般。

火來了，太平洋依舊
離岸邊那麼遠；土來了

島嶼親手埋葬了海，再將自己遠遠地流放
成一支寂寞的風箏。

這輩子原來，你是一條逃亡的銀狐
繞著消失的故鄉
不停奔行。

直到一切灰燼了
你才把虛構的故事，緩緩地說完——
而我，仍與你活在一起
直到下個四月
又將來臨了。

註：馬華作家黃錦樹，著有小說《土與火》，然本文無意與之呼應，並以
此詩紀念我的外公劉福亭。

城市

城市，自我面前魚貫
而過。

陽光將影子曝曬
為斑馬與刺青
歲月在沒有雨的機車後座
兀自淋濕。

往前三個街口
曾經下過的雪
堆積，腳步車陣與航道：

他們眼中盡是一艘艘
擱淺的小艇。

自此，城市
八厘米底片般開始
不停經過。

註：張懸（焦安溥）作有歌曲〈城市〉，雖嘗聞之，然本文無與之呼應之意。

貳、遠方

浪人

「住在浪裡的人，偶爾
自夕照中起身。」

海風穿過了最後一座港
被狗群發現
牠們放下嘴邊的魚，不顧一切地大吠——老船
轉身迎著終昏，緩緩駛入夜色
此次船長決定聽完所有的禱詞，並深知
海沒有祝福他們。

但他們曾是

住在浪裡的人，渡日
以燃燒星塵與洄游的水痕；他們
都是濤波中誕生的人
如今卻連一柱最小地火塔
也不願為他們點燈。

竟迫身為航向
未定的人。船長知道他的背
將與船員一起
長出幽深的貝——陸上的生活太乾燥
沒有蹼也當不成兩棲類
他們只是想回到浪裡，而浪在海中
海中偶爾起波濤。

船長想起，住在浪裡的人
偶爾會自夕陽中因嚮往港邊
而自水沫裡起身。

潛夫

海上來的，火裡去了。

浪花打濕他的影子，自此
漂泊已註定了命運
歲月逕自埋伏成礁
待撞上時代後，連故鄉和母親
一起沉沒了。

遠遠，還望得見年輕的自己
正肩起行囊
嘶啞地喊

他卻一臉徬徨
且聽不清回答
轉頭盼顧的臉上，滿是
未知地寂寥與奔放。

他就要踏入海上，並一步步
朝火中走去——或許時間
原先便沒能記得住他。

沉沒的船後來沒人打撈
母親在客艙中
故鄉在甲板上
觸礁的青春則茂盛成島
一場風雨一場風雨

不斷地下。

想起行囊裡，其實就一張票、兩塊餅
和那幾則故事
恰如當年，最後火中來的
仍載去了海上。

夢遊人

終於，夜已深了。

在光無法透入的
時間的縫隙裡，我憶妳
如冬日溫暖的火花。

可雪，是多年前的事了——
踏雪而來的人
連足跡也被融化。

此刻，我的緘默或方是妳
重獲自由的利器

即便知道那一年的火
妳是為我點燃了靈魂
才能熊熊燒起。

而今窗外
盡是黏稠並瀰漫芒果氣味的夏天
曾經濕冷的皮靴
在櫃子角落邊
不斷長出新的蕈類。

但當白晝離去
夜如深淵之時，我仍會想起妳——
自那場雪中
不停燃燒的樣子。

滌衣者

夏日，將蟬鳴丟入
旋轉不止的洗衣機
妳的氣味卻仍在烈陽下
黏膩不已。

該仔細思考，要如何使用
殘存的春天與紙膠帶？
如何黏合自己，成一頭鯨開始學著離海？
要如何緊繃？如果逃脫？要如果
記住生命中每一班南下的列車上
曾殷勤期盼的遠火？

迴旋日子，天天靠卡
上車一站站經過
秋天越是逼來，春天
便越是殘破；旅途尚未開始
許下豪語要伴妳遠行的人
竟已擅自決定
要在妳未能抵達的他方，安身立命。

妳開始懷疑
自己其實真是條魚，要不就是這個夏天中
被無端起風的愛
粗暴地扔進不斷旋轉，脫水機裡
無止無盡的蟬鳴。

信徒

我想，自己也曾造出
不存在的神。

在悲憤的月球上
夜裡盛怒將自己曬傷
移居之人，把凌亂的步伐
當成了舞
以為高亢地呼喊便是歌唱
他們是善良而
遠離風雨的鮮花，月球
不過一句

漂亮的謊話。

不存在的神於是降臨
在不存在的寧靜他方
一切咒語都是祝福
所有禱告皆為濫觴
自轉的星球被引離了公軌
黑洞與白晝
成為宇宙裡唯一的神話。

（第一個踏上月球的人
沒有看見神
畢竟神是造的，真理和火箭
也不曾真正會過面。）

神其實不存在，即便
祂不斷強調
是祂創造了我
而我又造出了祂。

讀者

（版本，更新了。）

下一頁，過去曾期待的展開
隨著風雨落入了東岸的海。

你早已知道，浪潮
終會沖散足跡
決定自此將腳浸泡於水沫中，在礁岩上
祈禱眼前的濤聲
能為你孵化一頭藍鯨
牠會翻騰，擋住每次颱風並遮蓋住

需要被療癒的疼痛。

但海沒有回話。她仍安靜地
將面向她的稻田餵養。

再下一頁，原來的故事
成為了隱線——埋設
在生命未發的花開與流動之中。

你默默地，踢濺了水花——書還讀著
但版本已被溫柔而強迫地
更新了。

旅人

別離後，遇見剛剛學會
看見自己的妳。

而我總是依附他人靈魂的碎片
湊成了生命
像木瓜溪畔散落發光
無人認領的玉。

好想問妳，怎麼學會
當一條魚？游來游去，當一頭鯨
漂來蕩去？怎麼學一道洋流

總明白該去向何地？

怎麼懂得淋一場雨，不濕透自己？要怎麼
保持冷靜讓日子下去？
怎樣懂得好好炒一頓冷飯
卻不會三心二意？

妳剛剛成為自己
開車經過舞動的人群
而我是月光
不經意地在缺口的轉角處
照見了妳。

獵人

正常的人們都死去了。

下班尖峰，塞在國道上的德國車之間
引擎很安靜

像那夜蹲在臺南運河橋上，遠望便知
他是個正悲傷著的孩子。

意識到時，他或說原來的自己亦已死去
而冬天又到了。

我已無法

無法再帶著任何一個深愛的人
輕易地逃離——命運之前
誰如何能不成為
一頭命定的獵物？

人都死去了，正常的冬天
緩緩逼近。

第三個塞在國道上路燈與影子間的星期
龜速的彼此，歲月飛逝
偶爾我還能聽聞雪原與北京
傳來那人的消息
但山裡已不再有鹿，於時涉溪的蛇與馬
也遠遠地將彼此送離。

我竟像個舉杯的人
又像步槍像火燄像海風像殘羹像命定之獸，而獵人
是冬天是子彈是沙塵或不太正常卻也不斷
死在國道車陣中的自己。

水星人

「你在的世界，會不會很靠近水星？」

——盧廣仲〈魚仔〉

你曾寄居，在我的靈魂之中。

我內在的宇宙
當時於你眼底不停地膨脹，像工廠裡
不斷出爐的菠蘿巧克力。

但其實你知道
自己並不愛我，而我也不喜歡

嚼起來乾乾的發酵食物
於是午夜之後
你來到右心室外，拍打我的門
告知想要移民水星的事。

工廠裡，沒有人知道
水星在哪裡。
經理聽完我的要求，表示生產線
也可以改釀啤酒
或那些湯湯水水的愛情；經理表示
我們還要成立工會
使每次月圓都有規律
讓每顆螺絲都認識太陽系。

可你仍堅持離去——像住在海裡的人
不需要瞭解山的脾氣
我的靈魂已爬滿了蟻群
你只能出外
尋找屬於自己的行星。

在我的靈魂之中，曾寄居著你。

外面的食物太甜。
嗜酒如我，於你離去的多年之後
仍醉醺醺地自我內在的小宇宙中
尋找你，後來移居的水星。

詠者

她終於活到當年
深愛過的戀人的年紀
回想青春，竟恍若一群群高歌穿越樹林的
綠色蜻蜓。

（至今還沒存夠積蓄
給自己一片藍色的窗櫺）

她幻想，風起時
所有等待飛翔的衣裙都張開雙臂
讓暴雨盡皆遠離

讓沙灘擁抱潮汐
隔著藍色窗櫺
愛人已熟悉海的脾氣
無懼濤怒，不畏浪襲
發著光的愛人終將來到窗前點燃一盞漁火
此即今生相守的號信。

（但城裡不存有海
更無人知曉如何製作窗櫺
沒有神，能聽一場坦然的告解
只有夜中無窮無盡湧入
黑漆漆的孤寂）

她已不再喜愛當年

戀人曾唱過的歌曲，並已活到了
能分辨蜻蜓與蜉蝣的年紀
偶爾，仍會想起一同結群穿過的樹林
與彼此任意飛翔的軌跡。

騎士

出門前，看見被撞歪的照後鏡
你想像自己
正要跳入湍急而暴漲的溪。

在象被操縱又丟棄的年代
馬群已不現身道路
配劍與鞍連同數世紀前被消滅的妖魔
一起成為傳說，沸騰的城市
穿梭著曝光的影子
稍不留神，堅定的信仰
便被下一個路口輕易甩開。

你知道自己不該是蟻類
亦知之無力築巢；連著幾天
下雨又停電
你上不了岸
並為了棺材大小的空位
徘徊在漩渦般，沉默地交通號誌叢中。
（是誰，擦撞了彼此命運？）
此路不通，車輛請繞行轉向
但中箭倒在路邊的戀人，竟如破碎的方向燈般
無法運作。
為此，你失去了爵位
只換得一頂斑駁的安全帽。你認真

不想帶著它游泳
但湍急的溪裡到處都是河馬和鱷魚
他們都準備好了，隨時出動——要成為下個世代傳說中
與你對峙的猛獸與惡龍。

遊民

龍族自眼前飛過時
你的世界已是一片橘色的森林
任飛禽築巢，犬群棲息
但居住於諾言中的愛人
必已不再歸覆。

那夜，所有曾是祝福的佛珠
皆渙散為星與塵
悲傷不足以釀酒，寂寞
卻自暴漲的怒意中
再次浮現——命運不過是道
無法把守的門

鑰匙是一場宿醉後無法二度表述的凌晨。

回不去了，你知道
巢中餘溫亦終將離散，如無人赴約
茶水冷清的餞別宴席
看著犬與鬼群聚於桌腳
你恨自己無力誦經超渡，更無一杯溫羹能打發。

以後的世界，連森林
都背叛了顏色。一條條龍族飛過
你忘了如何訕笑——畢竟不再歸來的愛人
或還記得彼此
給過的承諾，雖你們皆已知之對方
無法居住在曾想歸覆的話語裡了。

學徒

《詩大序》：「詩者，志之所之也，在心為志，發言為詩，情動於中而形於言，言之不足，故嗟歎之，嗟歎之不足，故詠歌之，詠歌之不足，不知手之舞之足之蹈之也。」

不說話時，我憶起，退伍前
誓言如寄居蟹般
棲息在自由的潮間帶裡
濤聲跌宕，船方出港
黎明與黑夜洄游
在情緒波動的海洋：一條巨鮪
剛開始被漁人神話

祂將成歌成唱，成一方英雄故事中
最能下酒的篇章。

至此，塔燈火滅而水沫為殤
但下一批遭浪襲捲的蟹與貝在知曉命運之前
皆以為自己
仍棲息在無比恬靜且
自由的潮間帶上。

鎖匠

你仰望天空，整個宇宙
也正俯視著你。

幾群野狗或趴或坐的重劃區空地上
遠眺秋雨，像老青年在老公寓初次燃起的斗煙
喇叭聲此起彼落
號誌不停跳針，城市仍固守那條
不肯轉彎的鐵道
放任鼻腔中煙草燃燒的氣味
瀰漫為水漬的最深色。

狗群起身，輕易於過去的軍用地奔跑著
預定好的賽事亦隨之輕易地延期了。

憶即她曾怒吼，此生
再也不願聽你重提海洋。
回到房裡，女人扔下舊短裙且
破損的針織沙發上
屋頂漏水，滲透往事
熄滅了燦爛
擱淺的愛情無法離岸，卻也再無法重新出海
但波濤興於自己
無他人可以罪怪。

破窗外，呼嘯的車陣匯流

成島上的傳說與神話。
寂寞方成形為非主流文化，你無法離開
平原上堆積的歷史和謊話
更知之今生所學與種種專長，只能是個令時代失望
並讓人嘆氣的鎖匠。

宇宙正俯視著你，卻連浮雲數片
你也沒能看透。

飼主——給28歲的自己

那，你自由嗎？

臺南轉涼，看完狂新聞第87集
知道龍介還沒有北上的可能
並想起前晚父親抱怨
有些飼主餵狗連幾顆飼料都要算，我想告訴他與母親
或這更年輕時
這一對曾貧賤的夫妻：這不是生活
這是狂新聞。

不是每星期

我都守著螢幕，畢竟我站中外野
洋基輸球、騎士落難
比任何一篇學術論文的困境還來得令我束縛
臺南市長換誰當
像十九大兩個半小時的幹話——總之
強國應該會更強，而我
不守這裡；偶爾換到內野或後衛
讓球到前場或踢出界
這些我比較擅長。

寫詩又怎樣？語言也不精鍊
愛情也不白話
出書不賣，講座無人要來
論文反而偶爾被稱讚

但更多時候自己的青春比陽光燦爛還要廉價
24小時免付費，拼命為沒有真理與盡頭的假議題
使勁運轉。

這都是因為國家與社會在養你。給你補助
給學校補助，給文化部補助，給所有說得出名字的單位
好多好多補助——你以為
國家養過你
你以為過了20歲生日那年，自己就已成為一個有用的人了
直到國家連你的稅都不屑收
才知道只有狗的骨頭，沒有人搶。

所有人都相信你為了信仰前進
所有人都相信你愛人的真心

你只好以故事循環故事
豢養一頭溫馴的自己
任鬼怪敲門、任魍魎滋生、任魑魅橫行
再自暴自棄寫篇大家一定看得懂
卻一點興趣都不存有的惡詩
而內容中的山，已不興風雨
海的意象都被世人嫌棄。

孑然一身了，你知道
成語用來被罵也是活該，但就故意寫給人看
然後望窗外的臺南市區
仍是三寶與他們的產地——畢竟終是萬物
他們總有法則能任性地擴張。

但親愛的：只有你。

你與被豢養過的影子們
還有沒有辦法保留
誓言中自己曾為信仰
或狂新聞小編不一定肯承認自己所需要的
純真的自由？

參、扁舟

島嶼畜牧業的自白

一、養雞場

我要，每隻雞
都有立足的地方。讓牠們
每天努力繁殖後代
雖說不一定讓牠們交配
但跟著生產線給它們滾動的路徑
一切的競爭顯得如此可愛。
我要每隻雞，都有
立足的地方。不大不小的鐵籠中剛好
能露出頭來呼吸和吃飯

牠們比每一頭在白令海峽的鯨魚都要安全
比每一個買不到房子的臺北人都溫暖。

二、養豬場

我們一切設施作為都
人道化，包括
終要來臨的屠殺。
牠們是聰明的動物，牠們知道
吃得多在圈子裡地位就大
能吃的牠們都吃，知道不能吃的
牠們也吃
但這無礙於這場制度：優秀的豬公
自然會被挑來當豬哥。
牠們多一斤肉，我們是一分收穫

在這套豢養制度中，我們不談政治而
純論養豬。

三、馬場

牠們每天在小小地馬圈裡跑。
我牽著牠們，在園區裡
廉價地讓牠們扛著外行的騎士
這群血統完整
性情已完全馴服地蒙古馬
最喜歡我的蘿蔔和方糖
無論遊客如何猛力拽弄牠們的韁
也不曾刻意把誰狠狠自鞍上摔下
我每天餵牠們乾草
偶爾騎到野外逛逛。最近廟會

需求很大
拋頭露面的，我在小圈圈裡豢養的蒙古馬
一個小時走王爺廟一圈，比起剛剛
出社會在醫院在園區的高薪的大學生們
還多九百圓可以拿。

四、犬類飼主

這是堂政治學的課。
吃飯前要握手，坐下
舌頭要吐
但不可以太長：吃相要好看
分到骨頭記得笑一下。
看家時若學運人士經過門口，要大聲地吠
碰到縣長來拆房子

就要知道搖尾巴；可以欺騙小主人
但不能偷吃老爹爹的下午茶。
遇到同類
打招呼就要聞聞屁眼
下次出去散步尿尿，找到了電線桿才知道
這臭味是不是相投的那一家。

筆記情詩 II

怡君，好久不見。
雨中換人民幣，遇見被困在新營的妳
像看見大街上那片玻璃櫥窗中
展示著多年前的自己。

不知道。我們究竟
過得如何？妳沒有問句
但眼底盡是這些日子以來的雨季
與城市明滅，與車潮漲退；而我
則跋涉浯島
離開嘉義，遷徙到曾豢養妳的南國

那裡，星巴克已經搬離
幾年前教書的戲子亦已死去，張泰山
還被冰鎮在統一二軍。

還想問妳，是否見過那本詩集？為你
我在千百個日子前
一筆一劃刻成的痕跡；還想問妳
等雨過之後
要不要吃頓飯？

沒辦法。妳說
整座島只剩下這裡。妳還得問問現任男友
並說我瘦了
自此，明瞭彼此再沒有能力多加猜疑

那些未來
與已成定局的過去。

好久，不見。怡君
我還記得妳
下車離去的背影，以及我們
終究不如宇宙霹靂那般
永恆或不朽的愛情。如今
妳被困在我的鎮上
我則將自己
棄置在早已遠去的霧和雪裡。

錯過的，愛人的年紀

我已錯過的，愛人的年紀
愛戀的往事像一群
集體擱淺的小白鯨。

再也回不了海洋了。

曾經輕狂的揮霍
像一頭垂死卻仍不知所措的黑熊
整座森林暗夜之後
誰還在乎你的獵捕
是否足以過冬？

我錯過了，自己
愛人最好的年紀
如捧著一顆殘缺的心臟：一邊疼痛
一邊努力存活下去。

阿屌

阿屌，我想我們
都已經衰老
當我們喝不完整箱啤酒，殘局
最後總無人收拾
徹夜之後也註定頭痛，才認清終究
必須剪下皮膚
黏貼那些他人燒燬的傷口。

我說過，彼此
是中箭的麒麟
雨勢在惡龍盤據的烏雲下

未曾停歇——我們擊倒眼前
最龐大的獸，才發現背後
仍有月圓夜裡變成猩猩的孫悟空。

阿屌，你的世界已遠離了三分線
而我斷裂的韌帶也退出中外野
回憶我們是否曾經為誰全力奔跑
卻只想起日劇裡
不斷求婚的山下智久。

阿屌
我們都已經衰老。阿屌
世界開始每年健檢你的鈴木和我的紳寶
以為我們忘記自己

曾經為一首詩而淚若怒濤
忘記你曾奮力清理拉法葉的鐵鏽，忘記我
曾困守一座霧島。

記得吧，阿屌？他們真心真意地以為我們
已在他們的眼底衰老。

獻給王與亞德里亞海

（傳說中的戰役，數年過去了。）

昨夜，被蝶群包圍的夢境
晨間已經啟航
在平順如新床般，我曾苦苦
思量的亞德里亞海上
沾染光芒的船帆
竟像多年前凱旋的
王的背影——風鋪在腳下
浪也堆在他深邃的眼底。

豢養在白色宮殿裡的靈魂
沉默地對話——
是夜擊沉的敵艦已茂盛成珊瑚
放聲的笑已醞為佳釀
結實如葡萄的肉體
亞德里亞海的潮汐
零碎地島嶼散落，在我們為原型的神話裡。

自此，除了海神
遠行的艦隊已無有懼怕。
（他們已學會了凱旋的模樣。）

我苦苦思量

千萬日夜的亞德里亞海，此時平靜
如王溫柔的語法。
（戰役果然遠去了吧。）

讓我重新塗抹滿身曙光
回想終戰前夕，王矗立於崖上的背影
面像遠遠地前方
天空正散發古銅色的幽香：看上去
竟比一隻折翅的雄鷹
還要哀傷。

澄清

感覺，慾望
已然退去。終於脫下那件
濕透的襯衣。

小鎮裡的五月
夏天在閘門開啟時
涓涓地流了出來；純白而
乾淨的一只白雲
輕輕一推，延展成天晴千里。

陽光太過燦爛

千轉蟬聲鳥鳴的這個下午
妳的裙擺，竟如前一分鐘才決定
全力綻放的花樹。

我看見自己
曾以為終身只能待在海濱
盼望的那一陣退潮。

想請妳就這樣，拿下無聲的耳機
為我聽聽此刻
那些風
吹過耳邊的聲音。

女孩與相思豆

夏末臻至。我趴在
世界微凸的小腹上
向百葉窗學習陽光，向百摺裙
學飛翔。

靈魂像一根
沾染味噌的小黃瓜，清爽而乾脆地
被咬斷了。

斜睨校園，常被忽視的花圃中
不認識的別班的女孩

蹲在難以復收的流水旁，靜靜撿拾
落果的相思豆。

我看見
她的百摺裙，如豆子一般
暗暗地發紅。

窺知

回想起，一些
當時沒有聽懂的話
如今已如森林一般
茂盛地長成樹群。

於是我瞭解，我所心愛的動物們
不過是場華麗的寄生。

當月色終將消失
黎明之前的困獸喘息著
想知道那些遠遠傳來

忽長忽短的嚎聲到底
遮掩著什麼不可告人的隱喻。

真皮與夏天

那年夏天突然想要一件真皮夾克，於是
我買了整套牛皮沙發
沉沉地放在和式房間的角落
關上空調，停轉電扇
想像自己是條離水的魚在濕潤的
玻璃杯中翻滾打轉。

當年，整個世界透著墨綠色的光
我猜想過了幾年，那組沙發將開始氧化
龜裂成一張難以辨識的地圖
屆時我尋著妳，像一頭安靜的鹿

會不會整季的雨都為我們停歇？而我們註定
是如何容易受傷的族群？
當整個世界透著光，綠色地懸浮著
我們沒有外表的悲與愛
能不能被燒成水流與海誓般的陶紋？

那年夏天，想要一件
真皮的夾克。完全不冷的季節裡
等待著情緒發芽
成自己也不特別鍾意的沙發，妳仍在遠遠地冬天
而我是打轉著離水而瘋癲的
乾涸的魚。

妳不在那裡

踏入夜晚，遺忘零碎的句子
成我緘默的燈
如轉角處黑忽忽地跑過野貓，而妳
妳不在那裡。

妳不在那裡。我剛上完
晚間的國文課
喉嚨狀似烤焦的土司
細瑣地落下麵包屑
大樓前方的廣場有人跳舞，我猜測他們
或許便是雨的證明，如同深知妳

並不在那裡。

路過必經的小7，小7
可能是我們最忠實的獵犬。
知道自己想說什麼，我也必須寫信
但那些遺忘的文字
無聲無息無色無味在漆黑中隱身。
我於是想問小7，你們
賣不賣這類形的補充包？

店員微笑著：親愛的顧客
對不起，對不起。但很抱歉。我
都知道，我都知道。這也因為妳
而妳並不在那裡。

我不是孫悟空

我不是，翹著尾巴的孫悟空
我的師傅不吃素
也不收元帥或河童來讓我當師兄。

我不是，不是孫悟空。在這沒有天庭
平庸的小島上
大鬧馬廄也生不出耶穌基督
騎著牛的太上老君還沒自道德經中出走
他總說一些不可明的真理
煉那些給誰成仙的丹藥
我不想。不想在這種世界裡

當一隻毛茸茸的孫悟空。

水簾洞裡的猢子猢孫已逃進了壽山
偶爾也到動物園打打工
他們看電視上的海賊版說我
去了龜仙島，和克林一起學會奇怪的龜派氣功
但一百年來馬克斯和孫中山也被打跑
我於是決定，不要當這麼窩囊的孫悟空
這麼窩囊，孫悟空大概也寧可
回到五指山下。

我不是，有如意金箍棒的孫悟空
那東西保養貴
太重我也扛不動，東海龍王至今大概

還沒原諒我。我不再毛茸茸
不是隨心所欲的孫悟空
去不了西天和東土，心愛的觔斗雲更因溫室效應
再也喚不出來。

我不是孫悟空。我的靈魂殘破
見不了任何一個神仙
救不了眾多的苦楚與情愛
想遇見一位聖僧
但他們說我學歷太高，連一套七十二變完整的機會
也不肯給我。

四月潮

四月潮水來臨時
我仍在孤獨的島上。書信不停往來
手機沒有訊號
過去是掉落在井裡的雨季
前途還在霧氣中，像不知道能否靠岸的
沿海漁船。

當時我掌握了灰諧的語氣
對世界一臉不信任
春天走了夏天還不肯露臉
可能因為我們誰都不曾真心的對誰告解

而四月初潮，記得花季綻放
讓人間在螢光幕裡顯得一片喧譁。

一場午覺提醒我，那已回不去了
即便摺好了所有老去的衣裝
也無法開始的旅程。當時我揣摩自己
還在雪原深處
但遠遠的聲音自北國來
告訴我：也許是因為自己在南方
所以難免無法正確地
分辨所有的節氣。而那已是四月
潮水初來時的事了。

她的大眼珠子

她的大眼珠子。轉呀
轉的，當身處的世界全佈滿了大大小小
繽繽紛紛的太陽能板。

轉呀，她大聲地吐出煙沫
怕神聽不到
怕香菸燒成灰之前她廉價的心
像燒壞日光燈的水族箱
暗則暗矣。她有著美麗而不停轉動的
大眼珠子。

神聽不到吧。神沒有大眼珠子
祂點燃一根便宜的新樂園
燒呀，燒的。她知道
世界已經老了而自己卻還年輕
她知道他可能不回來了。她想他
應該也不抽菸了。

她的世界只剩下滿滿發著彩光的
太陽能板。她的大眼珠子
閃呀閃，眨呀眨的
他知道神不會用電表，神也不需要環保
但神想著那美美的大眼珠子
像世界不知道自己已經衰老，那樣
轉呀，轉的。

我們不會一起生活

雨的流動
彎成了山頭，坐著車晃動
經過好幾陣風。

於是，知道我們
不會一起生活。

不會一起生活，像過江不遠
丘頂上的土樓
那裡，秘密終究不能交換秘密
可烈火仍能再生起烈火；圍困在

似乎不可觸碰的山城裡
故事因而長出了印記，如雨後江水
有著不出聲卻暗流的洶湧。

不會，不會一起生活。車裡
我們學習如日常一般顛簸
當車窗外有流動的雨
我看見妳
黑髮一樣的山風。

給蜘蛛

我收起了掃帚
讓出一條躲回角落的歸路。
看見你慌亂地逃走，戴著面具的我
想起自己也曾這樣：
織起了網，企圖
補捉賴以生活的夢。但島嶼上
樓越蓋越密，土地的價位
被掏金潮沖積成高坡
教育像殼，叫得最大聲的蟬
不斷推出金色的新款

而推糞金龜則成為用路人購買新車
最務實的主流。

（四周的海已退得太遠
我的網中，每日除了PM2.5
什麼也抓不到。）

於是我拋棄了網
拿起掃帚
清理他人被踐踏過的碎夢。

而今你出現，在我的掃帚下
此舉並不指望有日
你或救我於地獄的希望，只是看著荒亂逃亡的你

想起年輕時
總以為擁有三頭六臂的自己。

疾虛妄

在我，踏過的
夜裡湖水般的柏油路面
一些虛妄重覆明滅著
浮在無垠的黑海上；放任它們
淺淺囓咬我的足底吧
像數頭初生而玩性高張的幼龍。

於是明白
覺醒將如黎明般襲來：下一步，我願嘗試
破解宇宙的面目
往日的呼吸輕薄且懼水

不敢潛入她心裡深深的巢穴
溯回湖畔立一扇無牆之門
隔離自己，拒絕世界
並自卑種種必然的殘酷。

而今世界微光
待酒意褪去，我晃動疼痛的髮
抓起斷裂的木槳
何處才是彼岸？她的眼神
已是碧山盡影的碎帆
才明白彼此都還不是自己相信的龍族
能輕易自淵藪
躍上新時代的大船。

那是曾經踏過，映有一切悲傷與
無盡虛妄的湖面
天色與浮雲辯詰之前
所有已離我而去的眾多靈魂，將以何種表情？
看我放出光芒
自遠遠地山稜線歸來。

肆、英雄

一、

無可避免，在夢中
又見到了妳。

曾被我們創造，今已塵封的傳說
訴說著英雄的姿態——
每每，當他手持利刃
挺身災難之前
妳的胸口便會捲起濤浪
綻放七色的彩花；
當深夜營火
照亮佈滿疤痕與疲憊的臉

妳只想安靜地化為巨大的母鳥
將冷雨擋在間歇不止
淒淒哀叫的風聲外。

而今都鏽了，無論刀劍
亦或信仰。
像一頭再也回不了原野的狼
用瞎了的右眼
望向籠外的月光。

被創造的傳說
再久一些，也就要
被歲月風化。

但還是
想再見到妳——可以的話
以夢裡，依然風發
意氣的模樣。

二、

曲終後，女人
離開了江邊。

失去盾牌數日後
你早已領悟，自己
便是這樣的人
箭矢與長矛瀰漫成你的雨季
鎖鏈和陷阱茂盛為你的森林。

此刻，面具半碎
盔甲與劍俱已疲憊

敵人卻仍一波波
浮出水面；自盡吧？末路
總是為你展開於前
像一頭巨龍
眼泛凶光，嘴裡叼著火燄。

你想起女人的唇與歌聲
和離開江邊時
如領悟了一切後
回望你的眼神。

三、

至此，已是歧出。

轉角的龍已被擊殺
牠的悲鳴將填滿歲月裡
長短不一的夢；劍染上了血
靴已磨破
盔中亦盡是風雨塵沙。

回想埋伏夜裡
喘息聲比月光還輕
靈魂被刻上編號

突襲之前，無人知曉龍的怒火會燒滅誰
以及他們曾許下的承諾。

你知道，自己
竟是個踏踩焦土之人
連跨下的忠馬
都被無情地犧牲了。

肩上還印著龍爪撕裂的疤。

原來純粹的信仰與愛，至此
已是歧出。

四、

劍插在雪中，顫慄著呵出氣
世界便緩緩
結成糖般的霜。

出擊之前，夜竟無盡無止——曙光未至
破曉只好被懷疑與解釋
經過激烈辨證
才敢再次選擇相信
自己的呼吸。

敵人是冷風，是凍土

是以暴雪
埋沒信仰的征途；敵人是友軍
是傳媒，是以毒器
伏殺勇士的暗蠱。

還拔不拔劍？此生
難保連一根火炬
亦再無力燃起，自己如何
將大雪與黑夜走到止境？

沉默的平原，害怕露臉的黎明
縮成一團迎面的雪冰
再呵氣，任糖一樣的霜
裹住發抖的自己。

五、

追兵現身
身後的沙塵如忿怒的海神
掀浪欲擊沉你
操作的破舟。

此時你竟體悟，自己
不過一葉扁舟
如何越過巨大而未知的海洋？
所有魚群皆不相識
那些島嶼也冷眼觀察——無論你
是否釣上大魚

也無論你是否擊退惡靈
黑色翅膀的飛魚王
對你的航海日記，最終
仍將嗤之以鼻。

草原上又不比狼群
連狐狸都比你更懂得躲藏
追兵臻至，要如何
駕馭跨下的座騎
和你們以韁繩牽掛的命運？

神仍是忿怒
而無語的樣子，身後
沙塵與飛箭俱至

你回憶起浪，第一次在近海處推翻你
小小的獨木舟的樣子。

六、

古典畫風中，你散發出自己知道
終究不曾有過的光。

但你已被選擇了
這樣的命運，歌頌如滿漲的河水
緩緩氾濫出數百年的洪線
向你襲來——
每個音符都燦爛地笑
每段詞曲皆誠心地喜悅。

他們不知道，天使的翅膀已被斬斷

戰馬的雙蹄亦已碎裂
盔甲裡只殘存顫抖的記憶，沙場
如今仍遍佈沉默的痕跡。

你感覺肩頭沉重
雖說一切亦皆卸下，但眼前的讚揚
終要化為無力的逃亡。

你回頭看古典風的畫，並深知自己
不適合沾染太喧囂的光芒。

給27歲的自己

親愛的，近年
我放任自己
如孤獨的黑影坐在漆黑之中
偶爾有熊與豹經過，才想起
那時信仰的火炬
如今已廢棄成荒漠
一些沙流動著，埋沒了我們
像無法讓月光
溫暖的被窩。

但夢中仍時常見妳

靈魂比我倆交歡時更加赤裸
少數的光，散落在盡頭
它們曾在一些明媚的午後
逼迫我相信：或許
此即為出口。

我知道妳希望自己在那裡
但最終或是我
一個人站在海浪邊陲
看灰鯨恬靜地哭泣，聽冷雨
生生世世墜落；
我豈能知之？這些年
筆尖竟鈍成了錨，連野火
都束成了芒草

寂寞被再次引用，憤怒
則緩解為備忘的膏藥。

近年，有人往來。
親愛的
我知道妳即使去了，仍舊是來：
為此，那些暗中獨坐、破浪乘舟
劈夜斬晝的
將仍盡皆是我。

襲擊：男人與龍

一、

被龍襲擊的男人，來不及
收拾自己的眼珠
枯坐在強風過境的田邊，凝視
絕望與悲傷：他失去了遮蔽現實的眼簾
在極度殘忍
無力反抗的暴雨之中
目睹整座島嶼在世紀裡的沉浮。

二、

他是被龍襲擊的男人
戰於田野的蛟龍，其血玄黃
男人想起：自己的夜總伴隨失眠
連寂寞亦棄之遠去。他懷想
生命裡不斷產生的皺褶，竟何時
萌發為逆鱗？那黃玄之血
豈止一個消閑的時代與其所
背負的原罪？

三、

被襲擊的男人
聽說過龍——總有騎士

拯救一些高貴的女性
自牠們的巢穴之中。男人
不曾識得騎士
中世紀不會與低賤的二十一世紀
討論神與救贖。雖說龍
一樣在彼此的災難裡持續出沒。

四、

埋伏於水渚之龍。藏身
山森之龍。燚烈之龍
淵谷之龍，土石流之龍地層
下陷之龍，暴霧島中之龍
狂風演化之龍，斷簡
殘言之龍，挖土機之龍徵收民宅之龍

曲扭歷史之龍築巢人心之龍
波特萊爾惡之華，之龍。

五、

襲擊男人之龍，無非飢餓
牠已食盡次元中所有龍珠與悟空——多麼
凶殘與神話般的野獸？
一頭了無牽掛而
企圖進食的龍，不在乎身份與傳統
襲擊曾經駕馭巨鯨
破浪馳騰的男人

六、

男人該如何同之戰鬥？

槍刀斧箭高射炮
弓弩鎚杖T九么？男人
想念曾經屬於自己的寂寞，男人
記起入伍時受盡一切無禮與可笑的折磨：這些
如何戰勝一尾發狂的餓龍？他憶及
十七歲，第一次
親吻女孩乳暈時，那種消聲之
狂喜與悸動。

七、

被龍襲擊的男人
喚醒欲翔飛南海的魚鯨——重現那場
古老的戰役
不懼再衝毀任何一座蒼老的神州。

他髮如濤怒，手提刀斧
瞪視迴瀾之龍若颶風般哮吼。男人
失去了權利以保持自由與沉默
他感覺自己，連靈魂的唇角都因憤然與亢奮
正翻身地牛般劇烈抽動。

國家圖書館出版品預行編目（CIP）資料

浪跡 / 謝予騰著 . -- 初版 . -- 新北市 :
斑馬線 , 2018.05
面； 公分
ISBN 978-986-96060-1-1（平裝）

851.486 107003885

浪跡

作　　者：謝予騰
主　　編：施榮華
責　　編：郭文生
校　　對：郭文生、施榮華
封面題字：洪春峰
封面設計：Max

發 行 人：張仰賢
社　　長：許　赫
總　　監：林群盛
主　　編：施榮華
出 版 者：斑馬線文庫有限公司
法律顧問：林仟雯律師

斑馬線文庫
通訊地址：235 新北市中和景平路 268 號七樓之一
連絡電話：0922542983

製版印刷：龍虎電腦排版股份有限公司
出版日期：2018 年 5 月
I S B N：978-986-96060-1-1
定　　價：280 元